决战脱贫攻坚 决胜全面小康

第二届全国残疾人诗歌大赛优秀作品集

第二届全国残疾人诗歌大赛组委会 ◎ 编

华夏出版社
HUAXIA PUBLISHING HOUSE

图书在版编目（CIP）数据

决战脱贫攻坚　决胜全面小康：第二届全国残疾人诗歌大赛优秀作品集 / 第二届全国残疾人诗歌大赛组委会编 . -- 北京：华夏出版社有限公司，2021.1

ISBN 978-7-5222-0066-8

Ⅰ . ①决… Ⅱ . ①第… Ⅲ . ①诗集－中国－当代 Ⅳ . ① I227

中国版本图书馆 CIP 数据核字（2020）第 249122 号

决战脱贫攻坚　决胜全面小康：第二届全国残疾人诗歌大赛优秀作品集

编　　者	第二届全国残疾人诗歌大赛组委会
责任编辑	曾　华
美术设计	殷丽云
责任印制	韩京心
出版发行	华夏出版社有限公司
经　　销	新华书店
印　　刷	三河市少明印务有限公司
装　　订	三河市少明印务有限公司
版　　次	2021 年 1 月北京第 1 版 2021 年 1 月北京第 1 次印刷
开　　本	880mm×1230mm　1/32
印　　张	5.125
字　　数	85 千字
定　　价	68.00 元

华夏出版社有限公司　地址：北京市东直门外香河园北里 4 号　邮编：100028
网址：www.hxph.com.cn　电话：（010）64618981
若发现本版图书有印装质量问题，请与我社联系调换。

卷首语

  诗歌颂盛世，妙手著华章。2020年是"决战脱贫攻坚、决胜全面小康"关键之年，也是"十三五"规划的收官之年。在这场宏伟的打赢打好精准脱贫的攻坚战中，全国人民在党的领导下，不忘初心、砥砺前行。广大残疾人也不甘落后，积极参与，努力变"输血"为"造血"，更好地实现了自身价值。

  广大残疾诗人紧跟时代、书写时代，以先进的事迹感染人，以优秀的作品鼓舞人，通过诗歌展现了残疾人的奋斗历程，讴歌了党和政府及社会各界对残疾人的格外关心、格外关注。

  本作品集以"决战脱贫攻坚、决胜全面小康"为主题，所收录的作品表现了残疾人在全面小康路上怀抱梦想、超越自我、追求卓越的奋斗精神和自强不息的新时代风貌，展现了残疾人精彩纷呈的精神世界。

目 录

一等奖 /001

替捐出双眼的人说话（组诗）　黄海　/003

二等奖 /009

腰道扶贫纪事（组诗）　王国栋　/011
他们用自信的杠杆撬开命运的顽石（组诗）
——谨以此作献给四川巴中残疾人士李亚雪、罗娜、刘秀娟、李小平、陈文贵
　　　　　　　　　　　　　　　　　　　雷文　/018

贫穷，是一枚坚硬的果核（外二首）　刘厦　/ 025

三等奖 / 031

"李老歪"脱贫纪实　李文　/ 033

在奋斗的路上努力奔跑（组诗）　吴东正　/ 035

无声（组诗）　刘阳阳　/ 042

从春天出发的孩子（组诗）　胡永清　/ 046

王忆的诗（组诗）　王忆　/ 051

使劲长毛的兔子（组诗）　徐子飞　/ 057

优秀奖 / 063

九月的断章（组诗）　李小龙　/ 065

生命的馈赠　黄舟　/ 070

失语者的呐喊　赵盈　/ 073

有一首诗要留给诗人（组诗）

——记江西省高安市脱贫诗人刘桂军　杨文霞　/ 075

冲头之恋　何桂梅　/ 079

深情的拐杖　郭志俊　/ 081

在祖国的版图上（组诗）　刘爱玲　/ 084

阳光下，生存温暖成生活（组诗）　单海建　/ 089

我们，也在路上（组诗）　高耀庭　/ 095

贫困户（外二首）　张开良　/ 102

扶一把，以爱的名义　梁学东　/ 104

丰满的缺憾　陈静　/ 106

优秀入围作品 / 109

秋野　林安奎　/ 111

扶贫的颜色　章新俊　/ 113

单臂也能摇曳出最美丽的风景　邱启建　/ 116

一个残疾人网商之歌（组诗）　赵承沛　/ 119

书和鞋　万常青　/ 123

西海固纪事　王对平　/ 126

黑夜的眼　乔俊涛　/ 128

单支筷　范甜甜　/ 130

脱贫攻坚的生物景观（组诗）　张精诚　/ 132

身残志坚谱写人生华章　纵兆化　/ 137

你是我的暖风
——献给每个给残疾人温暖的天使　陈囿诚　/ 140

生命之歌（组诗）　樊耀文　/ 142

心客栈　左列　/ 146

世纪赞歌　刘志文　/ 148

热爱生命　刘爱文　/ 150

霜降　普应杰　/ 152

孩子，不要怕　杨舒　/ 153

一等奖

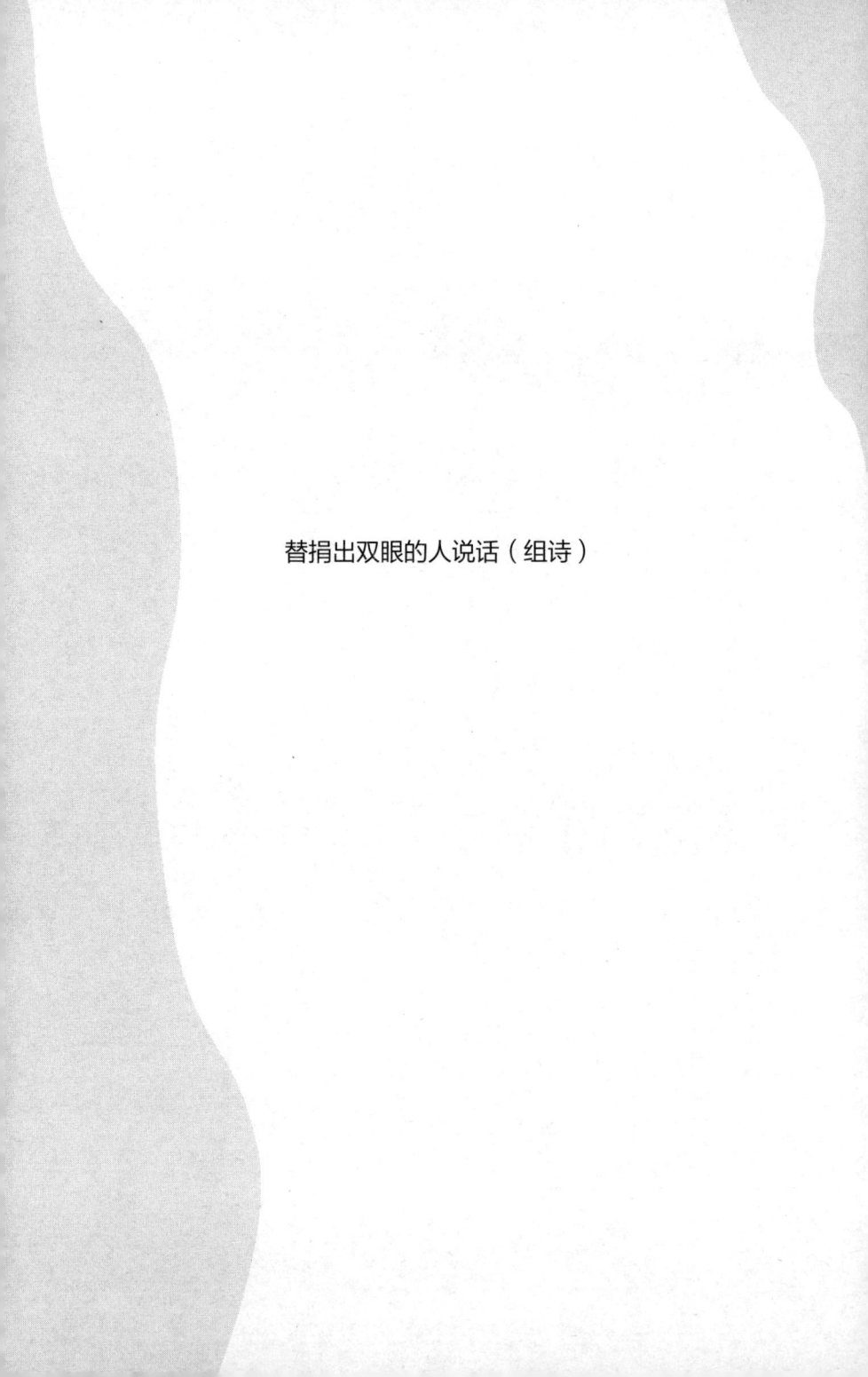

替捐出双眼的人说话（组诗）

替捐出双眼的人说话（组诗）

黄海（海南省海口市）

一

错过了，一个扬鞭打马的春天
在一棵菩提树下，找到了
人生的终点，收拢了七彩晨光
生活的大海，缩成了眼窝里的一滴泪

二

瞳孔在夜色中放大，再放大天空

用内心，透视生命的

那些光年，凋尽了

人间七色花朵

三

用虚渺，一晃而过

白云，在红霞中的呼应

无人知晓，捐出双眼

依然坐拥春天

四

两个眼皮底下，沉降

两个黑洞，开出两朵黑玫瑰

凋落光明的空间

正在观看天空上的恒星

五

这两朵黑玫瑰,正对视

宇宙之眼,地平线被暖风吹动

大地摇晃,印证了

一块烙印在铁上的预言

六

拾起一颗泪珠

落下一阵风雨雷电

通体运转着似火的高阳

眼中依然灼热,只是昏暗一片

七

无法仰望蓝天,也没有一句遗憾

荒凉,织成炽热的荒野

俯视大地一眼，最后
再用内陷的眼皮，守望天空

八

无法丢弃春风的寓言，顶上一颗
无花果，把花朵开在自己的内心
未来，粘住夜空中的云朵
每个毛孔，都能看见夜幕背后的彩虹

九

生命已然沉睡、凋零
还没有苏醒，一个倒下的人
聚焦光点，把自己站了起来
灵魂，正让微风拂面

十

知晓星辰,作为最后的告别

天体上的黑洞,关闭水晶的纯洁

天好蓝,请让我

替你往上看最后一眼

十一

坠落的生命,捐献一个明亮的世界

绽放若有若无的浪花

燃烧生命的火焰,祈祷日月

愿星星的光辉,照亮每一颗心灵

二 等 奖

腰道扶贫纪事（组诗）

他们用自信的杠杆撬开命运的顽石（组诗）

贫穷，是一枚坚硬的果核（外二首）

腰道扶贫纪事（组诗）

王国栋（陕西省西安市）

一

在腰道，我想拥有超凡的智慧和神奇的力量

挪开贫困，搬走贫困，削平贫困

让腰道，从此

一马平川

让财富，从此

雨露均沾

帮扶干部扶正一株株倾倒的树苗

精心培土施肥

翌年已枝繁叶茂,开出最美的花朵

帮扶者不轻易否定一株小草

他让她长高了一厘米

他让她又披上嫩绿的新装

在腰道,我把布谷鸟的啼声

改写成扶贫歌谣

在腰道,我把春天的燕子

挽留在每一栋新居

让放学路过的少年吹着口哨

给孤单的老人独唱

情感细腻的春风竖起大拇指

把村落栽下的善念

扶直

把那些纤弱的小草

一次次搀扶

一次次吹绿

二

帮扶干部来农庄

是星星照射到了小草的叶尖上

无数次倾心交谈

让漫漫长夜变得温暖

虽然贫穷让人自卑

干涩的泪还藏在眼眶

一场期待已久的甘霖

已让干枯的树叶

沐浴春雨,湿漉漉,碧绿

网络状的筋脉,在时空

撑起一个闪亮的希望

滴落的露水

滋养干枯的树苗

勃勃生长

星星有多闪烁

扶贫干部的眼睛就有多深邃

三

在腰道，我就是一朵格桑花
我要栽在张三家、李四家
我要让饱满的种子
进村入户，移栽在每一家

格桑花耐贫瘠的土壤
在西域高原绽放最美的笑脸
在腰道，我就做格桑花的种子
让红色的、紫色的、黄色的、白色的
兄弟姐妹在田间小路落户
在每家庭院深处成为奇葩

那些贫困者、残障者
弱者、老者、孤单者
我都伸出热情的双手
用七色光打开每一扇紧闭的窗
让一米阳光

洒进紧锁的心房

我要让格桑花四季绽放

春天开，夏天开，秋天开

冬天顶着雪花开

我要让格桑花奉旨开

哪怕小小的一朵

开在一个年迈的孤单老人屋旁

四

一场精准扶贫

让蛰伏了多年的草萌发生根

浩荡的春风

把一个古老的村庄变得葱茏

乔迁新居，贫困户李叔的笑脸

如庭院的桃花一样灿烂

美居修缮的谢家

门前的核桃树更新抚育，硕果

就像挂在树上的一盏盏灯笼

在腰道，春风吹遍每一个角落

油菜花招蜂引蝶

宣告这片天空迎接万丈霞光

这个村落百花一同绽放

百鸟同唱一首春天的赞歌

河流照亮一个个美丽的黄昏

山川隐藏扶贫干部一串串脚印

五

去年夏天，在腰道行走，我看到

满头华发的贫困户李西平，挺直了腰杆

帮扶干部马宏彦给买的两头小猪

在猪圈中欢蹦乱跳

人勤猪长膘
过年，两头猪送到屠宰场
一沓子钞票，让李西平感受到了春天的熏风

今年春天，在腰道行走，我看到
已经乔迁新居的贫困户李西平
猪圈里已经添了六头小猪
帮扶干部扶起了他的志气和智慧
他劝慰其他弱者、贫困者、残障者
甩掉拐杖，效仿田野里的红高粱
精神的海拔要一点一点增高

他站立成一株挺拔的毛白杨，成为一群人的灯塔
他站立成一座小山峰，成为一群人夜间的北斗星
这个金色的秋天
在腰道
我看到李西平和几个贫困户
手牵着手，脱掉了一顶沉重的帽子
大步流星走在无垠的田野上

他们用自信的杠杆撬开命运的顽石（组诗）
——谨以此作献给四川巴中残疾人士李亚雪、罗娜、刘秀娟、李小平、陈文贵

雷文（四川省巴中市）

一　春风从她人生的空隙中吹过

剪纸，剪山水、剪花朵、剪人物
李亚雪从不将自己深埋的泪水剪出

她剪下的纸屑飞走
为留白腾出地方，供艺术的生命向阳生长

这些年，传艺惠及他人
如春风吹过枝叶交错的林地
带出了力量的气息

从重度肢残女生到工艺美术师
她的剪纸告诉人们：凡是美，都稀疏有度
生活才不会密不透风

二　重新认识光明的"指间舞者"

光明将罗娜，锁进三十三岁的门内
从此，世界的颜色也随之消失

命运的刀，将人生切割成两段
也密封了三十三岁前的翩翩舞姿
当内心燃起的灯盏，重新照亮幽暗的空间
上北京，去成都，学盲人按摩
纤纤手指，重新感受到了温暖的阳光

成竹在胸，山又长出秀色

水在时光中流淌，残联成为源头

梦想的冰凉消失后，"栖凤堂"里

罗娜的手指在患者经络与穴位上

疏通，挤压，直到逼出暗毒

让他们耽搁的步伐，可以重新踩上

奔向幸福的鼓点

灵巧的动作，重新调出生命的七彩

带着明与暗生成的双重意义

"栖凤堂"上空的太阳，留下温暖

收走了生活笼罩在她身上的阴影

三　在大山与网络中逆风飞翔

梦想来不及将十七岁的刘秀娟带出平昌县万家村的大山

截瘫就阻止了她迈出轻盈的步伐

坐在轮椅上，看熟悉的风景变得陌生
当个人的遭遇与向前的光阴和解时
秀娟申请了全国第一个邮政快递进万家村的网点
村民的山货有了身份
开启了四面八方的旅行
她亲手建立的乡村公益图书室
为乡亲们的农闲时间，添上了一抹精彩
网店，将她带出大山
图书室，成为她飞翔的加油站

在这个过程中，有一个叫"坚强"的词
她从没说出，却贯穿始终
正如新华社报道：她把生活过成了一首诗
懂得先自己发光，然后才可照亮别人

四　普济宫村的领头雁

几十年，李小平都喜欢一个叫"挑战"的词
每次挑战，都成为恩阳普济宫村独一无二的风景

做虾片、卖种子、配饲料
小生意中，经风雨、识人性
在潮湿的岁月中，不断擦亮自己

当年骶骨头坏死，李小平犹如帆船被卷入江底
四级残疾的身体，还要承受负债与离婚的不幸
人生低谷犹如深渊，区残联助他走出困境
开香蜡厂，填补当地加工空白

不逐水而流，生活的暗色
就有了对冲的光亮
搞种养业，板结的土地有了翻挖的兴奋与疼痛
参加省特奥会举重，将"挑战"再次筑出高度

精神摇动的钟声，唤醒一些沉睡的人
李小平领着乡亲一路向前，是飞行的理由
当强烈的气流袭来时
他强大的进取之心，足够保持雁阵的平衡

五　建天香农场深刻地感激自己

时间和时机,让陈文贵明白
深刻地感激一次自己
才是人生的意义,才可让咽回心里的泪水
燃烧为未来事业的火焰

恩阳区万安乡付家寨村天香农场
最初只是他一个肢残人士的构想
现在这张蓝图种上了果树、芦笋,还建起了养殖场
他每一个脚印,都有超出世俗偏见的奇迹

陈文贵沉默多年的手势和背影
在晨光中找到了慰藉和回馈
脱贫攻坚
三十四名残疾人,每年都在农场中分红受益
他逐渐明白:某时人生事与愿违
相信命运一定另有安排
只要有自信的杠杆,就能撬开命运的顽石

注：

1. 李亚雪，女，巴中市通江县人，肢体一级残疾，四川省工艺美术师，帮助过成百上千的残疾人和多名贫困学生上学，曾获"自强模范"等众多荣誉称号。

2. 罗娜，女，巴中市恩阳区人，视力二级残疾，"自强模范"，恩阳区盲人协会主席，开"栖凤堂"按摩店，带动多名残疾人就业。

3. 刘秀娟，女，巴中市平昌县人，肢体一级残疾，全国邮政到村第一家网店店主，乡村公益图书室负责人。

4. 李小平，男，巴中市恩阳区人，肢体四级残疾，普济宫村种养大户，省残运会运动员。

5. 陈文贵，男，巴中市恩阳区人，肢体四级残疾，恩阳区万安乡付家寨村天香农场场主。

贫穷，是一枚坚硬的果核（外二首）

刘厦（河北省石家庄市）

一　贫穷，是一枚坚硬的果核

贫穷，是一枚坚硬的果核
在华夏大地埋了五千年

深埋在山河的缝隙里
深埋在母亲的皱纹里
深埋在父亲的血液里
深埋在放羊娃的眺望里

像一个咒语

落地就生根

它会结出疾病、愚昧、自卑、屈辱

这些果实又会落地生根

一代一代穷穷不息

而如今

我看见一群人

以信仰为力量

不落下每一村、每一户

每一里、每一寸地寻找

找出来就将果核砸碎

将土地从贫瘠的手中夺回

在有炊烟的地方种上欢声笑语

在有梦想的地方开出一条条小路

我相信

从下一个春天开始

春天将一个比一个美

二　轮椅的诉说

曾经
我的梦走不了多远就绊住了
那一拃高的台阶
高过了我顶天立地的尊严

一个台阶我就少了一条路
两个台阶我就少了一份希望
一摞台阶我就少了一种人生

我的世界就是这样小的
我的个头就是这样矮的
我的声音就是这样微弱的

但是

你听见了我在荒野中的叹息

你看见了我在路口徘徊中炙热的眼神

你用坚定而温暖的双手

抚平了一道又一道坎儿

你让每一条路都成了起伏的流线

让我可以奔跑

可以跳舞

从此

山再高怕什么

我相信总有路

辽阔的世界向我敞开了怀抱

就在这时我又听见了你的召唤

你说小康路上一个也不能少

我们一起走

我带着梦想上路了

跟随着你

我也是幸福的追梦人

三　小花的幸福生活

小花太善良、太单纯

40 年了依然是一个不知道着急的孩子

小花不懂憎恨、不会嫉妒

40 年了依然是一个快乐的孩子

可惜她招了一个玩物丧志的孩子

做上门女婿

可惜她又生了一个孩子

可惜这个孩子会生病

每次有病小花都要找村里的人借钱

借钱时她的脸上压着成人的愁容

小花的梦想是让儿子幸福地长大

可惜她只会种最简单的庄稼做最简单的饭

小花不会养殖、不会种果树

学不会手工编织

更不知道什么叫无息贷款

如何让村里最穷的人家脱贫

如何让一家孩子过上幸福生活

低保、特困户、危房改造

免费医疗保险、贫困生救助

一双双能伸到最低处的大手

将小花一家拉上了阳光大道

各种兜底保障呵护着这一家长不大的孩子

像父母的爱从未离去

多么好的时代

让小花可以憧憬着未来

幸福的生活

注：小花一家人都是智障。

三 等 奖

"李老歪"脱贫纪实

在奋斗的路上努力奔跑(组诗)

无声(组诗)

从春天出发的孩子(组诗)

王忆的诗(组诗)

使劲长毛的兔子(组诗)

"李老歪"脱贫纪实

李文(云南省德宏州)

难产,甩出一个沉重的词

脑瘫

他一生都摇晃起来

"李老歪"这个名字

被人们从小叫到大

一间土坯房,住过祖孙三代

一亩三分地,收获的除了贫穷还是贫穷

村里人抽空了山村,都出去

用汗水在城市里经营起自己的明天

"李老歪"也有很多梦想

可惜全都搁浅在潮湿的眼泪里

沉默，失去回声

他只能守着空荡荡的山村，数着太阳和月亮

还有无聊的日子

驻村干部提着金点子来了

残联领导带着帮扶资金来了

村主任亲自把那块写着建档立卡户的牌子

钉在他家那扇斑驳的木门上

桑树种好了，蚕室建好了

水泥路接通了，山泉引进家了

良种牛羊运来了，新家建好了

不容置疑的真情和帮扶

如黑夜里划亮的一根根火柴，点燃他信念的灯芯

他从泪水最深处打捞出梦想

人们看见，一个歪斜的影子甩开牛鞭

背着满背篓的幸福

从绿油油的山梁上

顺便把贫穷和暮日，一起赶下山

在奋斗的路上努力奔跑（组诗）

吴东正（甘肃省庆阳市）

一 "驻村"，打赢一场扶贫战

我于山岚笼罩整片山野的时候到达，应算一场远行
从没想过随后的日月是否漫长，宛若土著的原始居民
正在一条羊肠小道上，把无数厚重的泥泞甩掉
然后，等待几年后的柏油前来定居
一只猫头鹰和几只麻雀
有的在头顶盘旋，有的在深谷鸣叫
那些泥泞，厚重的泥泞，顽固地一遍又一遍疯狂滋长
山花烂漫的时候，有一条大道通向远方

551户，2445口人，其中116人身体有障碍
这是我比柏油提前抵达的村落
我会停留多久？我并不想很久
风从野外归来，瘦身挤进屋内，床上铺满一层土雾
翻开脱贫攻坚的各类表格，仿佛，小康社会正在招手
其实，此刻满腔都涌满了苦涩，我的国家，我的人民
从一穷二白走到今天是何等的煎熬
如果我能提早离开，说明他们也就及早脱离了苦海

溪流样的小河终年不息，成为村子活的血脉
最惬意的是一幕月光，每晚它就在半空按规律照亮
而村部院落7面国旗
多年来一直映亮着整个村子落寞的时光
脱贫，脱贫，脱贫，庄稼地里和牛圈羊棚都布满了产业
几个有身体障碍的兄弟，在各类培训班上学到了适宜的手艺
几个有身体障碍的姐妹，用五彩丝线在白布上绣满春色
和前来驻村扶贫的我一样，面前是一场目的明确的战役

二　在奋斗的路上努力奔跑

人生的现状是一场奋斗的革命,包括进步的思想

扶贫先扶智,扶贫也可以先扶志,因有志者事竟成

比如从一步一步爬着叫卖鸡蛋开始

名叫芳芳的拄拐女子

现在拥有一家刺绣公司和培训基地,还有30名身障工人

说起以前的境遇,她没有泣不成声泪落如雨

尽管身体依然在止不住地溃烂,脓血腐蚀了脚腿

她却笑声灿烂,更是一名从不落后的公益青年

顺着她志向远大的脚步,途中降临许多花香鸟语

他口齿不清,走路不稳,却知道许多"特惠"政策

那年有一天在他家里,他看的正是对习总书记的电视报道

总书记说:中国有几千万残疾人,2020年全面建成小康社会

残疾人一个也不能少

于是他笑呵呵地说,我知、知道

你、你们、是、不、不想、不想、想抛、抛弃我

从扶持饲养1头身怀六甲的母牛开始,2年,3年

到今天，8头肥胖的牛已组合成一个群体，宛若他的家人
在他新建的院落门前，他说，我叫步强，一定、定会强

从一条陡坡上去，陇东特质的窑洞有3孔
1孔做灶房，1孔养牛羊，1孔箍了土炕住人
残疾人穷，建档立卡的残疾人更穷，当然，这不是定论
6亩万寿菊和8亩玉米相互对望，菊花开了，金黄金黄
玉米长高了，结实的棒子指向天际
它们从落户就跟主人连成整体
躺在炕上的瘫痪老人把头使劲探向门外，看见了菊花
也听得到玉米叶迎风奏响的哗啦，哗啦哗啦，哗啦哗啦
终于丰收的时候，所有的人突然都开始了奔跑

是的，丰收的时候，所有的人都在奋斗的路上努力奔跑
"两不愁三保障"如同铺平了路
再无踟蹰和后顾之忧
多元化精准服务体系就像丰满的羽翼
让飞翔更加精神抖擞
新时代在召唤，此去当会到达梦想的桃花源

依然是这条通向前方的路,奋斗的路

奔跑的人们传回捷报:

700万建档立卡贫困残疾人已经脱贫,正踏上小康的征途

三 脱贫记

其实,人间一直是这么美好,所以值得

其实,人生也有一些苦难,需要浴火

当那些灼伤的疼痛穿过心灵,命就硬了

从此,再寒冷的季节也会有嘹亮的歌声

无论用怎样的方式,哪怕提升灵魂的温度

在暗夜里透过星光去追寻太阳,都是一种可能

这个时代唯有不断创造才能让完美杀青

那么,我们就此展开手脚,何不把风浪拔高

那些贫困的名词,就像一堆腐烂的落果

让它们完完全全地腐烂吧,在这脱贫的节日里

从一地茁壮的禾苗，再到一树树缀满香味的花朵
你看树下，那个听不见的女孩又在舞蹈

似乎铲除了一种根子里的苦命
所有的微笑都涌上了枝头，花儿的枝头
在爱意里滋生和成长，从此脱胎换骨
这些都是可以庆典的，就像党徽在胸前金光闪耀

终于过上了美好的生活，当然，一个也没有少
这或许是爱，当然，这就是爱
特定时间段里从没丢失的坚守与改变，熬过了霜雪
纯净的，鲜红的，舒心的，我们的岁月

四　小康岁月里的些许日常

摇动轮椅，面前就有一条路的一部分
另一部分，行走能开辟更多的事物
所以你该知道，轮椅经历的坎坷比双脚更为顺滑

摸着黑暗出发，盲人的眼前永远都是光明
借一场春雨降临，并乘着春风出发
越走就离春天越近，一地的荒芜全部郁郁葱葱

那个被资助过的用手语交流的大学生毕业了
公务员招考时挑来选去，决定报了残联
她上班进门的那一刻，竟然没笑，而是泪水涟涟

不要停下，人生来就要把生命付诸奔跑
不管面对怎样的境况，会有怎样的形象
停止只是一幅图画，奔跑却有万种咆哮的奢华

从大山里驮起一座山的重量，就是脊梁的归宿
从风餐露宿换上崭新的盛装，就会证明
我们曾经的梦想、精神和力量

没有放大的苦难，实际上就如月光
一半是圆满的，一半是残缺的
但每晚，一些光亮都会准时出现，且格外明艳

无声（组诗）

刘阳阳（陕西省榆林市）

一

你听到了吗
听风、听雨、听海
听一切自然的声音
像是在合奏一样

可是我听不到
这世界对我而言太安静了

你来看看
这一扇窗户外面
它或许会有你想要的
是可以带给你声音的礼物

用手语的方式去触摸声音
简单、安静也鲜活起来

你听听看
就这些特殊的小东西吗
嗯，它可以让你听到所有
听到所有让你快乐的声音

小小的助听器
让我听到了来自大自然
如此悦耳动听又清脆的声音

二

从无声的世界进入有声的世界

从文字、盲文、手语到借助科技

从想象、虚拟、形象到具体

历经十几年的时间

至今,才出现在我面前

使我真实地感受到,声音是存在的

最好听的声音

是被呵护被守护的声音

有声的世界里

所有的美好如期而至

倾听心的声音

勇敢地告诉这个世界

我有多爱你

有了声音，我不再是
只会躲在角落里的黑影
你的爱，你的庇佑
你的贴心陪伴
让我听到了自己心跳的声音

嗯，很好听
是世界上最最好听的声音

从春天出发的孩子（组诗）

胡永清（浙江省东阳市）

一　观灯

被这多彩斑斓的夜迷醉，而后
我的心被点燃，抵达某一篇美文的核心
时间、地点、人物、事件
每一个要素都与灯相关

行程很短，但需要拖家带口
一路上全是缠绵不已的光芒
红的、黄的、紫的，顺着孩子的尖叫

流淌成一垄一垄的笑

肯定有一些情节，要被写进诗里
比云朵要白，比明月要圆
我需要抵御魅惑，灯是主角
今夜，她奔涌而来，洗亮了整个银河

在这个世界，遇到心动的事物
我总喜欢合影留念，比如这些盛开的灯花
当她撞进我的心里，我就为之停留
一见动容，复见倾心

二　窗口的春天

我不知道这盆花还能安静多久
周围是栏杆、衣架以及满是水气的三月
阳光浮起来，窗玻璃有了温度
我猜，她肯定想在某个我不注意的时刻

偷偷展开她绿色的长裙

坐北朝南，户籍阳台
她的闺名在姓名栏里被风遮住
我看了简历，这个来自乡下的女子
自打移进城里就开始隐居
安静、易养，与完美无限接近

窗帘关不住春风的告白
目睹一场恋爱拉开帷幕，我一生中
写得最动情的文字全被吸引
是的，她开花了！一重又一重
红色的花瓣怎么也遮不住她的美丽

三 致春声中的秧苗

野外的空气，是甜的
那么多的新秧，从清明出门

一堆一堆，聚在田埂处

谈论春天的颜色和爱情

随后，他们排列整齐

把水田当作早操的校园

用一千句诗描写这群少年

绿色的校服，袖子上缀满阳光

允许他们占据一畦书桌

吵闹后破涕为笑，白胡子老师

看着他们，从一年级开始拔节

斗笠下的呼吸，带着恒温的笑

守望和成长，是班会的主题

鸟鸣就是琅琅书声，根系庞大

一万株组成一个乡村

引水、上肥，主题明朗

每一个动作都是县报的彩色副刊

图文并茂，充满生机

四 意境

拈指微笑,静止的水
一丛紫色的小花开在纸面上
绿色,目极八方
止于木制的画框

过于透明,阳光
融化多余的言语
唯恐惊醒充满水气的叶子
我静立一旁,不搞出比噤声更大的动静

迎接一场雨,什么也不做
用草原来打底,心情自然一马平川
我目光清澈
记住了那片纯粹的颜色

手握一脉小溪,泼墨成画
题跋的文字全是江南的味道
我折下木槿两朵
一朵染色,一朵留白

王忆的诗（组诗）

王忆（北京市）

一 与母亲散步

一整个夏天
我都与母亲一起散步
不像幼年被抱着
也不像童年被搀着
我们就只是一起散了散步

我们总是趁着天还没黑透前
寻着夏的光亮，找到一丝清凉

母亲时而在前边迈着干练的脚步

我不紧不慢地跟在她身后

这么多年过去了

我还是没有长出能跑的腿

然而却有了自由操控的车

所以,我可以无忧地跟在她身后

只要稍稍加速一点

我们就走成了并排

就这么的,我和母亲仅在方圆几里散步

天越黑,草丛里的光就越亮

每走两圈便有熟识的人跟上来与她攀谈

有人说,她也算是苦尽甘来

母亲告诉我

她的电瓶车上,每天清晨都有一只黑猫

赖在车座上不肯离开

仿佛就想起了那些年

驮着我从南到东的日子

二　今日大雨

今日，大雨

一切还未苏醒

雷声轰鸣，依旧昏暗

这是两年后的夏日，沉闷

堵塞鼻息

也是那年夏天

金鸡湖畔，月光皎洁

室内几人面庞晕开了红光

推杯换盏，碰出比夏更加热烈的声响

谈论诗歌，谈论当下

无所惦念，无所顾忌

杯中气泡泛泛而起

三　冬日焰火

一束绚丽的火花

从小镇的黑夜绽放至黎明

那是为了迎接一个新生命

庆祝一段人生的开始

可旅途并不像焰火那般精彩夺目

冬天的冰雪总是难逃命运的较量

疾病的折磨、坎坷的经历

那又能怎样呢？

冰雪迟早会融化

小草会生长出坚韧的新芽

阳光会照耀在稚嫩的脸颊上

坚强而喜悦的焰火

最终将在寒冷中温暖绽放

四　回家

你一定想象不出

隆冬里的夕阳远比七月里的晨曦来得更加热烈

那是值得人追赶的季节

人们纷纷踢踏出比任何时节

更轻盈欢畅的节奏

我在匆匆中注目

留下一叠叠背影的火车站

我听见鸟儿在啼叫

归去的汽笛一遍遍鸣响

我看见潮汐不歇

一群群流动

这是腊月的傍晚，夕阳澎湃

追逐归心似箭的行囊

我把一本粉色诗集递给

迎面而一言不发的女孩

她一身毛茸茸的装束

脸颊有些通红的干涩

我问她：你要去哪里

她仰起四十五度角望了望

肩扛铁锹与重担的父母

我伸手抚摸她同我曾经一样

俊俏的马尾辫

她羞了红脸回答我：回家！过年

环抱那本诗集,她双手合十许下

新一年的心愿

寒风凛冽的冬天,汹涌火热的车站

是千万颗心沸腾的聚集地

回家吧

愿脚下的路、手中的书

都跟随心中的爱

一起带回家

使劲长毛的兔子（组诗）

徐子飞（江苏省扬州市）

一　很懂事的鸭子

仪征马集金营村拄单拐的周继平家门口

有很大一块湿地

虫、草、鱼虾丰厚，特别适合

鸭子的养殖

一群特意从外市高邮赶来的苗鸭

一见到周继平

像见到亲人似的，围着他，向他

要吃，要喝，要玩

兴高采烈的他，为它们搭了棚子
领它们去湿地
不仅让它们吃得饱饱的，还让它们
玩得兴奋

这些很懂事的扶贫鸭，很快长大
争先恐后
为主人下了很多蛋，有时候
还是双黄的

二　使劲长毛的兔子

丈夫身体单薄，扛不起重活
妻子的智力
因儿时的一场高烧，远远低于
两个年幼的孩子

十几只扶贫的兔子，一来到仪征
新城郁桥村
杨广林家时，就知道了什么叫
一贫如洗

它们感觉到自身的责任重大
暗暗发誓
一定要努力，使劲地生长自己
供不应求的毛发

它们一致采取，多吃多睡的方法
不挑食，不矫情
早早为杨广林一家，迎来手中拿着
大价钱的收购商

三　努力多下崽的猪

一开始，一只扶贫的种猪来到仪征

十二圩聋人张无为家时

面对主人，拿出草料进行的招待

心里颇有微词

直到村干部送来米面，还有饲料

它才彻底明白

主人一家六口，常常是吃了上顿

着落不了下顿

得知主人一家，宁愿饿着肚子

把省下的饭菜

来给自己补充营养，它心里难受了

很长一段时间

遇到饲料不足时，它不再拒绝

主人打来的草料

就想把肚子填得饱饱的，努力为主人

多下出崽儿

四　会算账的牛崽

当三只扶贫牛崽,被村干部牵到
仪征大仪老坝村
驼背孙大爷家院子时,孙大爷一家人
都在掐着手指

一头性子有点急的牛崽,急忙报出它
四千元成本价
另一头牛崽也没考虑,直接报出了
七千多元的出栏价

第三只牛崽赶紧出手,拿出栏价
去减成本价
得出三千多元利润,在孙大爷一家面前
哞哞了半天

爷爷，爷爷，孙大爷九岁的孙女

高兴地跳起来

三头牛，一年可以赚到九千多元

爷爷忙问，如果三十头呢

优 秀 奖

九月的断章（组诗）

生命的馈赠

失语者的呐喊

有一首诗要留给诗人（组诗）

冲头之恋

深情的拐杖

在祖国的版图上（组诗）

阳光下，生存温暖成生活（组诗）

我们，也在路上（组诗）

贫困户（外二首）

扶一把，以爱的名义

丰满的缺憾

九月的断章(组诗)

李小龙(甘肃省平凉市)

一　九月的秋声

翻开九月的日历
田野上丰硕的金黄
映衬着农民心里那本账

欢乐是属于九月的
丰收也是
因为这是农民的节日

九月的烟火轻轻走过

迎接农民的不只是

大豆、高粱、玉米,还有苹果

笑脸,喜迎一切

包括你和我的笑容,一样的情怀

把温暖拾起,把丰收来庆

我在秋声中,听见

一声秋外传来的呐喊

来年的丰收节里

我愿化作满山遍野的香泥

在秋风中开放最浓烈的花朵

二 回归

站在九月的地头

原野上,许多情愫

在八月的繁华落幕后随风而去

行走在九月的风中

已有一抹风景远远摇曳着内心的痴情

父亲，风尘一路蹒跚走来

驮山的脊背熠熠生辉

母亲，忙碌着粗茶淡饭

殷殷的目光望断天涯

一缕炊烟

飘起淡淡的欲念

为归来的人

把团圆与执念守望

一扇门扉

停驻在炊烟之前

妆扮着一座空落落的村庄

把背影留给了背影

我归来时

风中的收秋人

已去了远方

我俯身多低

听得见大地怀乡的心跳

一切梦望

都在秋风秋雨的沐浴下

一起出发,远征

三　收获

一场繁华的凋零

意味着另一场繁华的开始

一棵老树

在风与云的感悟中

用叶子送去了许多人的幸福和不幸

一片过往的风景

抽出纷杂缭乱之中的几缕意境

沧桑的庭院,忘不了的情怀

静静地坚守岁月流逝后的温暖

日历撕走了一个个日子

我习惯在这里驻足

回望过去,思索将来

写我三十年一晃而过的光阴

生命的馈赠

黄舟（湖南省长沙市）

我，一枚海底的蚌

诞生于喧闹的海

世界，像一幅流动的画

鱼儿在游弋，海草在飘荡

而洋流，刮起季风

于我生命的肌底里揉进——尖锐的沙

刺痛，成为活着的底版

每一次呼吸都变得艰难

泪，咸湿了汪洋的海

沙砾割裂了肌肉，刺穿了精神

我不再是原来的我

是一个带着伤、带着痛的灵魂

小丑鱼来了

带来了亲切的问候

海草温柔地抚慰

她说：苦难是生命的一种馈赠

于是学着咬起牙

用心血包裹伤口

去接纳、包容那一阵阵刺痛

我要生存，还要长大、变强

却不知，那一枚丑陋的沙砾

已渐渐地温润如玉

明月光华皎洁

炫化出一弯海洋之眸

生命的确奇幻无比

沙砾经过不断地淬练

时光与磨难已把她加持成

一枚价值连城的——璀璨珍珠

失语者的呐喊

赵盈（河南省驻马店市）

他不声不响

苍老，如黄土一样

他用瘦弱的脊背扛起天

把血和汗灌溉在地上

他不声不响

坚韧，像弓一样

他用干枯的手夹着生活

把生活的苦涩烙在心上

他不声不响

痛苦，像秋天的落叶一样

他用干裂的嘴唇噙着泥土

将泥土的气息覆满胸膛

他不声不响

但是，祖国不曾将他遗忘

脱贫攻坚

他一步步迈向小康

他不声不响

却也要让喉咙释放力量

没有双臂的人，拥抱太阳

没有双腿的人，奔向梦想

他们的身体并不完整

但祖国永远给予他们

最温暖的光

有一首诗要留给诗人（组诗）
——记江西省高安市脱贫诗人刘桂军

杨文霞（黑龙江省大庆市）

一

兄弟，读了你的诗，我想去高安看一看
春华秋实而偏安诗词的写照
锦绣给了锦绣的动力，你也像一株《野草》
把生命的挚爱，绽放在攻坚时刻

但我知道，你要付出常人双倍的力气，你要
拖着病痛的双腿，你要把《残疾有梦》的歌吟

也带向幸福里的朝朝暮暮

兄弟，我知道起航的意义，我更知道那些帮贫干部

怎样成为你诗歌颂扬的韵脚

怎样让你，有了一双新时代的巨轮

带着你，飞跑

你就跑进了生活的吉祥里，你就走进脱贫的梦想中

以粉饰的油彩，涂亮日子里的精彩

二

不能劳作，那就开一家网店吧，正好可以用键盘

敲打一下生活里的苦与甜

正好可以把慰藉的梦想变成生活里的求索

代替网速，代替传真，也代替贸易平台上

一枚枚爱，彼来此往的答复

其实兄弟，我看见自强不息的你，我也感动着

在奔小康的路上，一个都不少

正带着一位诗人，切合一个时代的叙事之美
让我以逶迤的诗句跟着你
就像你在脱贫攻坚里，收获双倍的幸福
就像我在一首诗里，给你留下一个位置
以诗歌的盛宴，端给你

兄弟，你可以慢一些，我能等
等你填完最后一笔订单
等你敲完最后一个回车键
等你摇摇晃晃的身体
像一盏明灯一样
越接近，就越温暖
我就用小康的杯盏，盛下这些慰藉的话语
仔仔细细端详你

三

有一个词，在你身上就是带领

还有一个词，那就是敬仰

我敬重你不等不靠，不怨天尤人

不吃低保，不全靠残疾人补助，不拿那一张低保户的绿卡

而是在眼眸里摘取希望，又在心里

点燃梦想

我就跟着你一起

在诗意丰沛中，写下生活的优美

我就跟着你，句读之间，节选这个新时代伟大的磅礴

我就跟着你，围坐在曲水流觞中

接着你的半阕诗词，写下祝福与感恩的篇章

兄弟，有一首诗要留给诗人，用诗句擦亮幸福

用奔小康的诗意握住你，以诗的美好眷顾着你

在诗情画意中，一会儿行云，一会儿流水

但都是你，在每一个回车键上

都有一只白鹭在栖息

注：诗歌《野草》《残疾有梦》，是诗人刘桂军的诗。

冲头之恋

何桂梅（广东省连州市）

多年以前我离开了你

心里始终把你惦记

我默默关注你的消息

满满的都是惊喜

村庄面貌，翻天覆地

村民生活，日新月异

多年以后回到你怀里

万千情怀油然升起

熟悉的乡音催落我泪滴

甘甜的井水润心底

百年红枫，傲然挺立

千年银杏，诉说传奇

啊，冲头！你一步一景观

抒写乡村画卷的美丽

激起我，春风得意

啊，冲头！你是温暖家园

让所有爱恋冲上心头

拥抱你，一生相依

深情的拐杖

郭志俊（江苏省淮安市）

你是我的双腿

没有你

我寸步难行

虽然你是木头的

在我的心中却有高尚的品行

你不仅支撑起我的一片自由的天空

也给了我更多的想象

你整日无语

却默默陪伴我幽寂的孤独

我不知道你来自哪里

却注定成为我的伴侣

我沉重的躯壳日夜压在你的脊梁上

你无怨无悔

用那宽广的胸怀包容我的所有

我去不了远方

你却在梦中指引

幽寂过伤时

我总是拼命呐喊

你却用沉默给了我领悟

我终于看到了

远方的曙光

生命没有圆缺

思想绽放着光芒

我第一次笑了

你用吱吱的脆响继续鼓励我前行

我开始思考

当我走完人生最后一步时

你的孤独谁来陪伴

我为你难过

你却放声大笑

燃一把烈火点亮宇宙

与我逝去的灵魂一同化作蝴蝶

飞舞在我们曾经一起走过的路上

在祖国的版图上(组诗)

刘爱玲(陕西省铜川市)

他们,餐风宿露,以脱贫扶贫为目标;他们,用汗水与付出,构筑了一个童话的王国……

一 涂鸦马咀

山风摇落天上的街市
巨大的音箱循环山雀的歌声
这里有的是鲜花与阳光
让欧洲小镇从画里走出来

上演属于马咀村的国际范儿

如果你看到迎面的白雪公主

请不必惊慌

猫女　蝙蝠侠　都在这里

你可以随意把梦涂在墙上

不管是叮当猫　还是火烈鸟

不管你是黄皮肤黑眼睛　还是大胡子蓝眼珠

马咀村的热情都一视同仁

然后去八D影院

来一场地心深处的旅行　回来

感受大朵大朵的醉

正在"华露香堤"的草坪上

在每一个孩童的笑靥里

二　雷居村

雷居村　一只巨大的盆子

安放在夏天的清澈里

群山围观

护卫着一只小狗懒洋洋的叫声

云纱不会掉下来

但会筛落大朵大朵的优雅

雷居村　母鸡与凌霄花同时分娩

鸡仔吱吱　花蕾嫣红

木根与艺术一起生长　化腐朽为神奇

雕刻时光的小伙子

手里长出了生命　长出了佛

雷居村　在绿里

开出了朵朵眨着眼睛的小花

三　安村的笑颜

破烂的窑洞　是安村古老的色彩

褴褛的衣衫　是安村永恒的风格

他　来了

两个月　吃住在村上

党员会　　示范岗

曾经瘫痪的党支部重新焕发出活力

他叫得出村上所有人的名字

他说得清所有家庭在外打工子女的情况

他因病致穷　　她因残致穷

他种的产品卖不出去　　他　　他们

产品结构不合理　　坡地干旱少雨水

他开始统筹规划　　多少个夜晚

村支部的灯光一直亮到天明

平整的地里　　种上了花椒等干杂果

存不住雨水的地里装上了光伏发电板

残的　　穷的　　因地制宜　　因人制宜

养鸡　　养羊　　养猪　　养鹅

他给鸡蛋找销路　　他给孩子找工作

他争取的移民搬迁工程

十八栋二层小楼　　他亲自设计

水电气网全部贯通　　一间车库一间杂物间

他说　　农民　　得有个放余粮放农具的地方

他说　　安村　　以后也能买得起车子

闲时　阅遍祖国大好河山

父慈子孝　这才是他理想中安村人的生活

两年后　他仍住在村上　黑黑的脸庞已与农民无异

十八栋别墅小楼建起　十八户窑洞最破的村民搬进去

他设计的小楼　门前绿树屋后花

健身广场上　娃娃欢笑着叫妈妈

光伏发电　村民拿到了第一笔不用干活而得来的收成

农产品上网　自家地里那些不起眼的出产

下山出沟　卖到了大江南北

安村人向世界伸出了手　世界也报安村以微笑

这艰难的一握啊　安村笑了　他也笑了

阳光下,生存温暖成生活(组诗)

单海建(吉林省榆树市)

一

那年
当我半跪半爬着栽好那垄大葱
挛缩的肌肉依旧挛缩
突出的腰椎更加突出
而阳光下的这些葱也如我一样
低下了头颅

二

葱是简单的

不过是虚实

不过是青白

生存的植株上

无需太多枝叶

三

耗费了园中的阳光和雨露

用粮食不断喂养的我的骨骼

依然日见其空

那么就喂养精神吧

我怕它也缺钙疏松

四

这些年

尽力劳动坚韧了我的性格

勤奋读书开阔了我的视野

低保让我的后顾之忧烟消云散

残疾人象棋赛使我自信满满

残联征文引我重拾希望

无障碍设施令我驾轻就熟

免费康复帮我挺直了腰板

"芬芳誓言"将我拉回人群

五

看啊

透明的是汗水

还有目光

那些麻雀多么轻捷

只要有空气

就能把梦想托举得蔚蓝

六

我也张开双臂长出枝丫

迎着阳光迎着清风

一时间

流光溢彩五色纷披

七

今年

壮硕的仍然壮硕

成熟的也愈加成熟

八

我懂得了

有了残缺的填补

世界才完整圆熟

九

阳光下
我和园中的葱都挺起脊梁

十

我还听见那朵花开的声音
比露珠细小
比露珠透明
它落下的时候
比风慢
比风轻

十一

我看见花儿是美丽的
美丽的事物一般都不会大张旗鼓

果实也是美丽的

它们生长时也没有声音

十二

现在

我的汗水滴到土里

悄悄的

我怕它们喧哗

我们，也在路上（组诗）

高耀庭（甘肃省岷县）

一　我们，也在路上

在致富的大路上
我们，是一道独特的风景

拐杖，轮椅，甚至盲杖
是我们必需的工具
每一件器具，都承载着
一颗跳动的心
受人帮助，也

帮助别人

我们残缺的肢体里面

也包裹着一颗跳动的初心

无论怎样，我们

也在致富路上挥汗如雨

砥砺前行

我们是人，也是使命相同的公民

一个都不能少，更不能

在这条路上

拖祖国的后腿

二　侯哥

由于属猴、姓侯，以及超于常人的聪颖

你是大伙儿公认的侯哥

和神话中的那位猴哥一样

你也曾从人生的云端
被病魔以小儿麻痹的名义
打入十八层地狱

你不甘心，咬着牙，挂着拐杖
一层一层地往上攀爬
恍若那些攀登珠峰的健儿
从家电到股票，从摆摊到网店
别人看你如鱼得水，而那水的味道
只有你清楚

年过半百
家已成，事业有成
而你还在前行，只是
已经走过手脚并用的羊肠小道
乘上了
时代的动车和高铁

三　柳师

修车的师傅很多
而修车的盲人
你却是第一个

亲眼看见的那一刻
我惊讶于那些冰冷的零件
仿佛忽然有了灵性
变得分外温顺
那些机械的故障
忽然像坚冰置于骄阳之下

我总认为，你
应该有第三只眼睛
心灵的天眼
在关键时刻悄悄打开
将车辆的疑难杂症
看得一清二楚，不然

眼前的情景

会比神话还神话

传奇还传奇

四　女按摩师

命运关闭了你尘世的双眼

却给你开启了一扇心灵之窗

从这里，你可以看见

隐伏在人体中密密麻麻的穴位

像星辰闪烁在你的天空

那些潜伏的暗疾

你伸出看似柔若无骨的手指

或刚或柔，轻拢慢捻

揪着它们的耳朵，或

踢着它们的屁股

将入侵者驱离体内

你按摩的姿势

宛如一位音乐大师，闭着眼

用钢琴演奏一曲天籁之音

病人堵塞的经络通了，顺便

你也给自己打通了一条

美好生活的通道

五　养蜂人

天地之间，你牧养了一群

最勤劳的工人

日出而作，日落而息

让你原本苦涩的生活

拐了一个弯

夏天，油菜花开遍了原野

那是千吨万吨的黄金

你拄着拐杖，带领你的员工

从灿烂的日子里面提炼幸福

酿造自己的明天

蜜蜂们嘤嗡在花丛中

你听得懂它们的语言

曾经苦涩的日子

会在勤劳的奔走中

越来越甜

贫困户（外二首）

张开良（云南省会泽市）

一　贫困户

就像乌蒙山中

一株一株狗尾巴草那样纤弱

没想到呀

它也被

九百六十万平方公里的辽阔

宠着

二 搬迁

挂在山梁上的那个巢

像一个斗大的句号

薅丁丁鸟

在一个早晨

飞进春光里

三 流星

——献给在扶贫一线殉职的英雄

瞬间的光亮

赛过

浑浑噩噩的

百年时光

注：薅丁丁鸟学名黄喉鹀。

扶一把,以爱的名义

梁学东(吉林省镇赉市)

扶一把,以春风的名义

贫瘠的四季便莺飞草长

丰收的颜色

浸染所有苍白的目光

扶一把,以阳光的名义

扶正轮椅上自信的渴望

希望的光芒

点亮每一双在黑暗中泅渡的眼睛

扶一把，苦难就与日子绝缘

灿烂的笑容是人们脸上最美的肤色

爱的温度被手传递给土地

血运充盈，足以抵御尘世的风霜

扶一把，贫穷就被连根拔起

沙漠最终被清泉逼退

天寒地冻的路上

走着雪中送炭的人

扶一把，以历史的名义

伸进明天的手

扶住民族的根

扶一把，以党旗的名义

用一个国家的笔墨

绘就国富民强的图景

丰满的缺憾

陈静（河南省驻马店市）

腿，不能站立
但我可以用眼睛奔跑
用双眸，游历
祖国的壮美河山

耳边，没有声音
但我可以用心倾听
用真诚，倾听
祖国的声声召唤

眼前，一片黑暗

但我心中有光明、有温暖

祖国飞速发展

为残疾人撑起湛湛青天

看似遗憾，实则丰满

因为党和祖国

永永远远

在我们身边

优秀入围作品

秋野

扶贫的颜色

单臂也能摇曳出最美丽的风景

一个残疾人网商之歌（组诗）

书和鞋

西海固纪事

黑夜的眼

单支筷

脱贫攻坚的生物景观（组诗）

身残志坚谱写人生华章

你是我的暖风

生命之歌（组诗）

心客栈

世纪赞歌

热爱生命

霜降

孩子，不要怕

秋野

林安奎（云南省昭通市）

夕阳下的稻田
宛如待嫁的新娘
成熟诱人的稻浪
圆了春日的繁忙

繁忙，是最美的模样
挥别不夜的喧嚣
迎战贫瘠的荒凉
只为秋日的金黄

金黄,是秋风添的妆

携了一身芬芳

满足凡世的期许

沁透心灵和远方

远方? 我极目眺望

一串串坚实的脚印

涌向辽阔的苍穹

擎起一道绚烂的虹

夕阳下的田野

扬起久远的号子

打破昨日的山乡

掀开新一轮繁忙

扶贫的颜色

章新俊（甘肃省民乐县）

扶贫是有颜色的吗

我毫不犹豫发自心底地回答

扶贫带着山泉的叮咚　闪耀着春雨的光泽

有着姹紫嫣红绚烂缤纷的颜色

扶贫是鲜红色的

要不你看这千年贫瘠的土窝山梁

为什么镰刀斧头的旗帜辉映如虹猎猎作响

那其中引领着扶贫脱贫怎样的步履铿锵

扶贫是嫩绿色的

要不你看这光秃荒芜的山疙瘩上

为什么层林尽染处处披上碧装

那其中孕育着山村怎样的生态希望

扶贫是金黄色的

要不你看这沉睡的山乡僻壤

为什么漫坡林果四野飘香

那其中诉说着扶贫产业怎样的生机和兴旺

扶贫是银白色的

要不你看这通村路异地搬迁安置房

为什么如长链舞动　似雪落安详

那其中承载着一代代山里人怎样的渴望和梦想

扶贫也是古褐色的

要不你看这帮扶队长坚毅的面庞

为什么透着洋芋蛋的厚朴　像脚下的泥土一样

那其中饱经着驻村干部怎样的汗雨风霜

扶贫的颜色啊有千种万种

从南国椰林到北陲边疆

放眼处九州斑斓人在画廊

扶贫脱贫绘就全面小康锦绣文章

单臂也能摇曳出最美丽的风景

邱启建（湖北省宜城市）

莺河

原本是一条狭窄的溪流

因为借了汉江的胸怀

她才由小溪长成一条河流

如果不是改革的春风吹拂

她或许会永远地在山脚沉睡

莺河

不是一条河流

只是一个不大不小的村庄

因为乘了美丽乡村建设的东风

便从山坳坳里探出了头

一发不可收拾地成了汉江边上的一颗明珠

他

一个只有一只胳膊的男人

一个莺河村普普通通的村民

看着家乡日新月异的变化

他不甘在这激荡的岁月里沉沦

索性扔掉了那一只空空的袖管

一头扎进了脱贫攻坚的洪流

一只胳膊

可以是逃脱奋进的借口

也可以是索要救济的道具

只是他

这个被群山喂养的汉子

他相信用单臂也能够摇曳出最美丽的风景

于是

一个叫一丁的农家乐

就在莺河的边上生了根

在他的眼里

他颠簸的不是锅碗瓢盆

而是在奇妙的味蕾上划桨

为的是让萝卜白菜与葱姜能够更加生香

就这样

这个只有一只胳膊的汉子

在建设小康的路上惬意地徜徉

一个残疾人网商之歌（组诗）

赵承沛（江苏省沛县）

一 扶助

一次无情的车祸，造成你高位截肢

绝望曾让你有轻生的念头

县残联的工作人员闻讯上门

对你嘘寒问暖，为你安装了假肢

对你的屋子、院子，甚至厕所

都进行了无障碍改造

让你重新站起自己，站起人生

二 代言

授人以鱼，不如授人以渔

从自身条件出发，从自身能力出发

县残联工作人员牵线搭桥

引导你学习了电商技能，帮助你开办了网店

从线上到线下

从淘宝到拼多多

从京东到天猫

从广告直销到微信群

从微信群到朋友圈

从下载各种 APP 到平台直播

你为家乡的特产代言

你为家乡的农产品代言

你的代言就是推销世界的砝码

为微山湖鸭蛋代言

代言野鸭戏水的故事

为李家烧鸡代言

代言土家鸡的美味奇缘

为鼋汁狗肉代言

代言两千多年烹煮的传奇

为李家小妹的水蜜桃代言

代言勤劳与汗水结晶的蜜甜

为张家大哥的酥梨代言

代言千树万树梨花开的洁白

为邻家大叔的京欣牌西瓜代言

代言温室大棚里早产上市的嫁接

数不胜数的代言,代言了不负年华的奋斗

代言了一个残疾人的致富之路

代言了一个残疾人的大写壮丽生活

三 平台

从网店的一个平台到另一个平台

你规范着自己的流程,诚实守信

老少无欺,谱写公平交易乐曲

一次次接单,一次次点赞

网店因你而红火,日子因你而红火

你富了,从一个清贫的残疾人

走上了小康致富路

生活因你精彩了华章,多么辉煌

书和鞋

万常青（江西省九江市）

  针对城市 4050 贫困听力残疾人的就业难题，九江市实施精准扶贫，在安排一部分人担任书屋管理员的同时，特批擦鞋服务由听力残疾人专门经营，由政府免费提供工具、工作服、场地。

一本本书
就是
一只只鞋
一只只鞋
就是
一本本书
在书里

在鞋面

无声地

阅读

人间的

苦辣酸甜

善良丑恶

得意失意

一本本书

一只只鞋

就是

一块块砖

垒砌起

精准扶贫的大厦

就是

对抗贫困的

千军万马

锋刃利戟

管好每一册书

擦亮每一只鞋

让他人

走好自己的人生路

给自己

脱贫的

希冀

西海固纪事

王对平（宁夏回族自治区固原市）

双拐撑起家的重量
脚板磨瘦贫瘠的山梁
犁沟深深　填满皱褶的心事
满目疮痍的黄土地哟
把苦难装进胸膛

脱贫攻坚的号角掠过耳畔
我听见黎明破晓的声音
帮扶工作组进村了
五保户　贫困户　残疾人　高龄老人被请进了

驻村干部的花名册

水泥路挺起笔直的腰杆

自来水嬉戏锅碗瓢盆

砖瓦房告别老屋

光伏板欲与星月争辉

轮椅平稳的辙印映进了小康的光环里

精准扶贫妙手丹青

繁华了青山　沟壑

驻村小组撮土成金

中药材　经济林　无息款

喧闹了羊圈　牛棚

电暖煨热的炕头

哑巴夫妻指尖沾满唾液细数日子的红火

跳跃的炉火舌

烧红了一屋子的温暖

老中医临终前告诉世界一个秘密

说他摸到了西海固

跳动的脉搏

黑夜的眼

乔俊涛（河南省驻马店市）

身披黑暗的躯壳

孤独地游走于人间

我疯狂地敲打着四周

可回声，一片默然

我狂奔，我呐喊

伸出双手，想驱赶茫茫黑暗

突然，一条绳索抛向我

拽着它，有了生命中从未有过的体验

那,是党的伟岸
那,是社会主义制度的温暖
从此,我的人生有了方向
我的生活有了五彩斑斓

单支筷

范甜甜（河南省驻马店市）

残月如镰

一刀刀，割在我的心里面

臂膀残缺

一幕幕，刻在我的脑海间

月满谷丰

单支筷子，终究是饭桌上的缺憾

是党的温暖

为我带来了幸福和谐的另一半

于是

我夹起了庄稼,五谷丰登

我夹起了生活,甜蜜圆满

我夹起了未来,辉煌灿烂

脱贫攻坚的生物景观(组诗)

张精诚(四川省内江市)

一 蜗牛印象

敬负重前行的人——鞋匠陈天星

你像一只蜗牛

负重前行

没有双腿的你

蹒跚的路虽然短

但用手当脚移动的每一寸

都充满人生的艰辛

巴掌大的鞋摊

如同蜗牛的壳

撑起了一个舞台、一片天

你用双手敲打修补的锅碗瓢盆

奏出了怀揣梦想的心灵欢歌

你借双手黏合缝补的千人万鞋

放飞了欲行千里充实而幸福的自我

巴掌大的鞋摊

就是蜗牛的壳

在里面安放了妻子、儿女

全家人小康生活的安稳和快乐

二 永不倦怠的工蜂

赞助残模范——重度残疾人刘义

你是一只工蜂

你拄着的双拐

就是你超越自我的蜂羽

你一次次起飞

一次次降落

在残疾人综合服务中心

在 LED 装配线

在环保机制炭的生产车间

在纸品加工的机器旁

在网上就业培训班

在鸡鸣鱼跃的农场基地

在树挂桃李的农家乐园

到处都是你帮扶残疾人的身影

在风雨中

在阳光下

在辛劳的蜂鸣声中

你总在不停地

寻觅、奔波、超越自我

为的就是那一帮

如同幼蜂般的残疾人兄弟衣食无忧

你追求卓越

为的就是他们在脱贫攻坚决胜之年安居乐业

三　夜莺在歌唱

赏自食其力的放歌人——重度残疾人黄秀花

在一片并不开阔的芳草地

在一片广袤无垠的夜空里

夜莺的歌声浸润着树、草和人的心

轮椅上的你

和夜莺一样羽色并不绚丽

然而当你每晚拖着音箱

带着麦克风

与附近的歌咏爱好者们

一展歌喉

放飞自我

从那飘逸的

音色出众

音域宽广的歌声里

透过你的付出

收获了你

追逐梦想、奔向小康的美好

展现了你

自强自立、幸福快乐的最美自己

身残志坚谱写人生华章

纵兆化（安徽省宿州市）

你拖着残缺的身体

在脱贫致富的道路上斩获了重生的力量

你背负无数的磨难

在追逐梦想的过程中谱写出动听的乐章

你担起沉重的行囊

在砥砺前行的风雨中铸就了人生的辉煌

多少次挫折打击，多少次灰心失望

你说只有坚持下去才能赢得成功的赞赏

多少次身心疲惫，多少次跌倒受伤

你说只有经过锤炼才能拥有钢铁的脊梁

多少次孤立无援，多少次踯躅彷徨

你说只有自立自强才能获取幸福的模样

烈日骄阳下，你脸朝黄土拼命劳作的样子

诠释了一个劳动者最美的形象

灯火阑珊处，你敲击屏幕认真工作的眼神

书写了一个奋斗者对生活的向往

狂风暴雨时，你向着逆境奋力冲刺的身影

践行了一个逆行者的使命与担当

其实我们都一样，不论残缺还是健全

只要勇敢去闯，就没有到不了的地方

其实我们都一样，不论弱小还是强壮

只要百折不挠，就能超越所有的想象

其实我们都一样，不论平凡还是伟大

只要一心向阳，就能化解冬日的冰霜

你说如果生命是一盏灯

那就在燃烧中向着黑暗发出光芒

你说如果生活是一首歌

那就在奋进中向着太阳放声歌唱

你说如果梦想还在远方

那就乘风破浪向着远方扬帆起航

让我们紧跟新时代的领路人

携手创造幸福，共享美好阳光

让我们踩着新时代的节拍

一路高歌猛进，一路展翅飞翔

让我们迎着新时代的朝阳

决战脱贫攻坚、决胜全面小康

你是我的暖风
——献给每个给残疾人温暖的天使

陈圃诚（广东省广州市）

从噩梦中惊醒的我慌张迷茫
不小心跌倒在跟前
我多想好起来
去看一看远方的太阳
去听一听诗一般的声音

你善良的目光
指引我望向希望的前方
你温暖的语言

融化我内心深处的冰寒悲伤
你是我的暖风
让希望在我心中生长
我要成为自己主宰自己的王
去创造属于自己的小康生活

你善良的双手
教给我未来的技术能力
你温暖的胸怀
为我规划出光明的前程
你是我的暖风
让希望在我心中生长
我要成为自己主宰自己的王
去创造属于自己的小康生活

慢慢有了力量
慢慢把头昂
我会
看到远方的希望
听到诗一般的真相

生命之歌(组诗)

樊耀文(吉林省吉林市)

一 这样的生活也很好

笔是我的　手是我的
虽然没有健全的双腿
但我
还有一个智慧的大脑

大脑让我不断地想象
五彩缤纷的梦啊
就在心中飘

缪斯女神青睐我

于是

我铺开一张洁白的纸

这张白纸

大过了草原　大过了天地

任我飞啊　任我跑

能用手中的笔

表达我的喜怒哀乐

其实　这样的生活也很好

白天是我的　夜晚是我的

虽然被遗忘在角落

但我有太阳

时刻把温暖送进我怀抱

我用手中的笔

描绘多彩的梦

我已在心中打好了腹稿

诗歌之神对我好些

于是　我拓出一条路

这条路啊

大过了戈壁　大过了山川

任我驰骋　任我跨越

我能用手中的笔

表达我的思想

描绘我的世界

其实　这样的生活也很好

二　生命

细数天上的星星

晦暗的天空

总有一双闪烁的眼睛

我不知道我是不是

天上的星星

但我想在茫茫宇宙

集合我卑微的光明

我的人生，不能像

大多数人一样

迈开脚步前行

我坐在轮椅上

心却把美好憧憬

躯体残缺不全

我不会埋怨我的不幸

其实人生，就像一片叶

经历过很多不同的风

有的温暖，有的寒冷

只要快乐地活着

我都会向明天的太阳致敬

心客栈

左列（上海市）

轻轻掀起窗帘一角
第一缕阳光扑进我怀里
摸索着电话听筒
有点冷
指尖慢慢地探索
掌心的温暖缓缓传递

等待铃声响起的日子
没有眼睛
而我能看见你的眼睛

伤感悄悄爬进来

你低语

生活那么郑重、艰难

一阵粗鲁的风突然袭来

你心中一条凹陷的路

绝不用任何东西去交换

爱、接纳、战胜自我

缪斯的语音在耳边隐隐回响

奇迹一般

沉静而灿烂

记忆一如所恢复的幸福

丁零零

等待一声声明亮、欢快的铃声

心客栈

我在这里等你

把岁月交给希望

清空你的阴霾

请相信天一定会亮

世纪赞歌

刘志文（内蒙古自治区阿拉善盟）

马头琴的声音

把安置房的角落都装满

放羊老汉的胡须里都藏着笑

草原驮着燃烧的夕阳

牧歌把晚霞点燃

牧羊女的马蹄踩着鼓点

敲响吐出新绿的草原

太阳的光洗净了沉重和疲惫

不愁吃穿的心情呀

轻得就像一缕烟

爷爷的烟荷包里

不再装着愁烦

父亲的打火机

把新生活的希望点燃

妈妈蒸的花月饼里

层层都有甜甜的笑

哥哥的拖拉机

把日子重新耕了一遍

弟弟把村巷里的路灯

画成了太阳

他想让太阳公公的光

黑夜白天都照着他

小小的床

奶奶总是想着

把这从没经历过的新生活

锁进她轻易不打开的陪嫁箱

好好珍藏

热爱生命

刘爱文（甘肃省武威市）

我的左臂被埋进土里
从前的我也被埋进土里
眼下甩着半条空袖管
走在路上的我又是谁
到底哪个是真我

亲人们时刻关注我
认识不认识的人看着我
一片片春光
温暖着冰冷的世界

一条条左臂从心田长出

父母朴实粗糙的手
兄弟姐妹勤劳善良的手
儿女孝顺可爱的手
他们的手都是洁净的
都是真正的我

一个家庭是我
一个国家是我
一个地球也是我
大千世界茫茫宇宙
才是我热爱的生命

霜降

普应杰（云南省祥云县）

没有想象中的寒冷
鼓励与安慰
在几张合影中珍藏
我努力点头
只想快点抖落这尴尬的泪水
似乎它比平时多了一丝黏性
或许它也想窜出来看看
是谁触动了我这颗表面坚强的心
不惜冒着蒸发的危险
不畏我的阻拦
倔强地
涌出

孩子，不要怕

杨舒（福建省邵武市）

妈妈，我怕
我怕一个人出门上街
我怕你们不在身边的每一刻
他们笑我
对我指指点点

妈妈，我怕
我怕你和爸爸不爱我
他们都说我是傻瓜弱智

妈妈，我怕

我怕你和爸爸的头发全白了

会像奶奶一样看不见了

妈妈，你和爸爸会老

会死掉吗

他们说你和爸爸会离开我

孩子，你不是傻瓜

也不是弱智

你是天空中飞得很慢的那只小鸟

孩子，不要怕

我和爸爸会陪伴着你

我们不在的那一天

会有很多很多的志愿者来陪你

孩子，你喜欢小张姐姐吗

我好喜欢她

你喜欢小钟哥哥吗

我也很喜欢他

你喜欢

喜欢

你喜欢

喜欢

所以啊

我的孩子,你不要怕

星星一样多的志愿者哥哥姐姐

他们会像天使一样守护你